十二马

龙川江流域傣族民歌集

孟国亮 ○ 编著
岳小保 ○ 翻译

云南出版集团公司
云南教育出版社

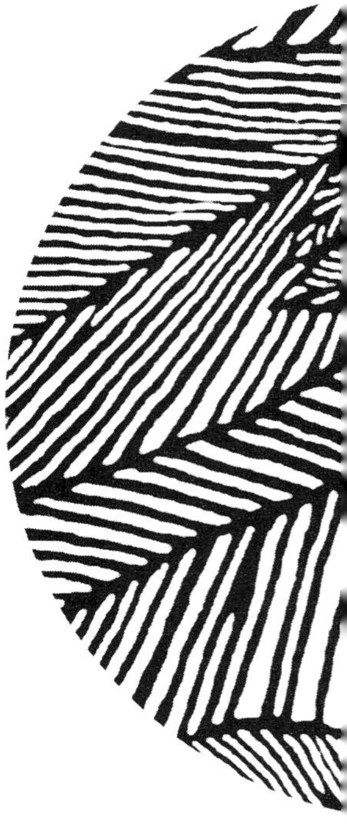

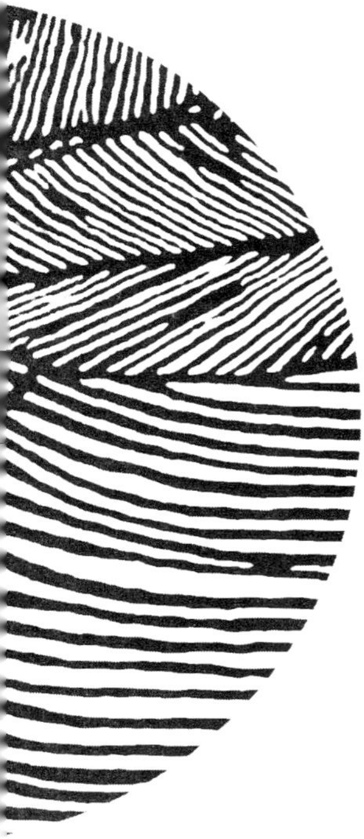

图书在版编目（CIP）数据

十二马：龙川江流域傣族民歌集：汉文、傣文 /
孟国亮编著；岳小保翻译. —— 昆明：云南教育出版社，2016.1
ISBN 978-7-5415-6520-5

Ⅰ.①十… Ⅱ.①孟… ②岳… Ⅲ.①傣族—民歌—
作品集—中国—汉语、傣语 Ⅳ.①I277.295.3

中国版本图书馆CIP数据核字(2015)第309703号

十二马

龙川江流域傣族民歌集

孟国亮 ○ 编著
岳小保 ○ 翻译

出 版 人 / 王超超
选题策划 /
责任编辑 / 叶　子
特邀编辑 / 封履仁
组　　稿 / 孙家佳　杨佩琦
装帧设计 / 陈　旭
责任印制 / 张　旸　赵宏斌

云南出版集团公司 出版发行
云南教育出版社
昆明市环城西路609号
www.yneph.com

云南出版印刷（集团）有限责任公司
云 南 新 华 印 刷 一 厂
2016年3月第1版　2016年3月第1次印刷
787mm×1092mm　1/16开本　18.25印张　380千字
定价 39.00元

ISBN 978-7-5415-6520-5

前　言

　　龙川江发源于云南省保山西北部和怒江傈僳族自治州南部交界的高黎贡山，属伊洛瓦底江水系，是伊洛瓦底江东岸一级支流，流经腾冲县、龙陵县和芒市等十多个乡镇，在芒市西南部与芒市河汇合后称为瑞丽江。

　　龙川江旁的傣族主要生活在五合。五合地处腾冲东南部，东靠高黎贡山国家级自然保护区，是腾冲的东大门。龙川江由北向南流淌，贯穿五合，形成两边高、中间低的"V"形河谷地貌。五合傣族世居龙川江两岸，凭着勤劳和智慧，开垦田地，布置家园，在青山秀水间生活至今。

　　据史料记载，元朝以前傣族、阿昌族、傈僳族是当地的主要土著民族。由于龙川江特殊的地理条件，元朝时政府便派军队驻守，中原文化开始在此传播。至明朝正统七年（1443年）正式设立龙川江土骑丞百夫长使司，由刀氏承袭，管理龙川江一带。留守腾冲的明军，将带来的中原文化渗入边地，并带到龙川江两岸，与本地文化融合。

　　我本人是五合的傣族，小的时候就生活在这里，对这一带的情况较为熟悉。沿龙川江两岸，从芒贺勐到芒沃相距50多公里的河谷地带，生活着27个傣族自然村。长期以来由于村落分散，交通不便，一直处于较封闭、较落后的状态。虽经过元、明、清三次大的民族融合，却没有改变自己的民族传统。尤其是在现代，虽然经历了历史变革和多次运动的冲击，但很多传统的少数民族文化都还保留得较为完整。龙川江地区的傣族文化落后，傣文也不普及，几百年来都没有用傣文记载过这些民歌、民谣，但千百年来就这么流传着。有表达送别的民歌，有吐露爱意的情歌，有描写童真的儿歌，还有与生活习俗、生产活动息息相关的月歌，等等。这些民歌经过多少代人的传唱，不仅语言优美，生动有趣，唱起来还朗朗上口，或易于记忆，或声情并茂，体现了傣族人民的审美情趣、生活情趣和价值观念。这些民歌融入傣族生活的方方面面。而这种文化的传承基本上都是通过生产活动仪式、节日活动、民间娱乐、婚嫁仪式等表现出来，代代流传。但是随着现代化进程的发展和经济全球化，以及互联网的普及和运用，传统民族文化受到前所未有的冲击。随着时光的流逝，随着老一辈人的离去，会唱这些民歌的人越来越少了。

1997年我回家探亲，跟村里的一些长者以及腾冲傣族学会的人聊起傣族民歌时，大家对本民族民歌正在走向消亡的现状十分担忧。这些民歌一直存活并传承至今，实为本民族长期积累的精神和物质文化理论总结的成果，一旦失传，难免令人遗憾。受村里长者的重托，同时，也出于我心中的一种责任感，退休后，也就是在1998年，我开始收集整理在当地有影响的傣族民歌。通过六年断断续续的走访记录，逐步收集整理完这些傣族民歌。今有幸得以出版，也算是了了我的一大心愿。为此，感谢云南教育出版社给予的帮助和支持！感谢杨文举、囊永华、囊永富、孟国富等长者的特别关心和支持！感谢腾冲傣族学会的关心和支持！感谢芒帕连、芒倷、芒荷花、芒那蔺、芒远、芒弄肯的父老乡亲以及许多民歌爱好者的支持和帮助！

孟国亮
2016.1

目 录

第一章 _ 起头歌
。1。

第二章 _ 问候歌
。9。

第三章 _ 吟树歌
。13。

第四章 _ 逛龙宫
。21。

第五章 _ 欢乐歌

。29。

第六章 _ 离别歌

。55。

第七章 _ 鹦鹉歌

。65。

第八章 _ 秀相歌

。73。

第九章 _ 犁田歌

。81。

第十章 _ 十二马（月歌）

。97。

第十一章 _ 赞美歌
。105。

第十二章 _ 讨烟歌
。135。

第十三章 _ 缺烟歌
。145。

第十四章 _ 赞花歌
。149。

第十五章 _ 跳马歌
。157。

第十六章 _ 骑马歌
。161。

第十七章 _ 忧愁歌

。175。

第十八章 _ 欢送歌

。183。

第十九章 _ 行路歌

。189。

第二十章 _ 宝棍歌

。207。

第二十一章 _ 盼郎歌

。213。

第二十二章 _ 小鸟歌

。221。

第二十三章 _ 孤独歌

。231。

第二十四章 _ 青树歌

。239。

第二十五章 _ 认准歌

。245。

第二十六章 _ 少年歌

。249。

第二十七章 _ 接亲词

。257。

第二十八章 _ 关箱词

。267。

第二十九章 献田神

第一章

起头歌

哥哥出门没有歌,
有头无尾对不合。
碰到高手赛歌难,
提着空篮白自乐。

没有新歌唱给妹,
何时妹妹来相随。
出门没有好歌词,
盼妹许心待何时。

不会唱歌白出门，
胸无半句空喜欢。
没有山歌伴白云，
如何引来妹欢心。

出门看见四方桌，
今天来与妹对歌。
出门看见四脚架，
对歌与你对到家。

妹妹出门见方桌,
神仙没有告诉哥。
看见方桌妹出门,
可惜大仙不吱声。

今天没有金银卖,
出门只带双手来。
出门看见鲜花开,
只盼哥哥对面来。

一路上欢歌笑语，
红花绿叶紧相依。
途中蝴蝶成双对，
可惜妹妹在远方。

没有笑语和欢歌，
孤心一旁受冷落。
今天出门见朋友，
不对山歌誓不休。

风吹树叶空中落,
妹妹开口没有歌。
没有歌来为你唱,
妹妹出门白忙活。

路边有树五百棵,
今天对歌不能输。
五百棵树在路边,
今天对歌不怕难。

白兔教我唱新歌，
学会一首记不得。
没有新歌为你唱，
没有天仙来帮忙。

第二章

问候歌

日光月光照村外，
不知贵客何方来？
村外自有日月光，
朋友均来自远方。

皓月当空照村后，
今晚会见好朋友。
月光洒在妹闺房，
盼与哥哥配成双。

月光照进大院场，
健谈阿哥在何方？
皓月涌入妹香房，
今晚鲜花格外香。

月光落在房中椽，
远方朋友露水沾。
竹楼草屋月光照，
妹妹见哥乐陶陶。

脚步轻轻至家中,
朋友来自何地方?
晚风徐徐拂鲜花,
远方贵客到我家。

淋着露水迎晚风,
何方贵友到院中?
风吹竹笆百花开,
尊贵朋友何方来?

第三章

吟树歌

空中红日阳光暖，
手持鲜花逛湖边。
山泉甜润赞不绝，
千人万人挑不完。

人影水中缓移动，
脚踏沙粒似行空。
天生大湖宽且广，
小河轻轻流远方。

蓝天一把巨型伞，
身骑骏马游山边。
来到庄严大寺院，
手捧清茶来尝鲜。

走到路边树百棵，
妹妹迷路未见哥。
五百棵树枝叶茂，
人来人往难会合。

路边有棵轰法树①,
枝繁叶茂高入云。
妹把情话藏于心,
学唱山歌常自吟。

大树茂密高千丈,
仅凭空手难登攀。
虽然哥妹近咫尺,
无缘好像在天边。

注：①轰法树，傣语树名。

饲养一匹白骏马,
不喂草料如何长。
精心料理才健壮,
骑马吼歌城中逛。

朵朵白云天上飘,
呼气叹息怕惊风。
你像空中白云朵,
梦里求见常落空。

莲花开放争斗艳，
清水池中现春天。
万花丛中你最美，
日夜开在我心间。

金色灿烂黄梅子，
走到枝下不敢摘。
硕果累累满枝头，
哥想悄悄摘下来。

金黄梅子坠弯枝,
手抓细枝不敢摘。
妹是金色黄梅子,
哥哥敢想不敢来。

寨边有棵大青树,
枝繁叶茂高似山。
青树结满黄果子,
引来鸟儿日日欢。

妹妹躲在竹林里，
唯有歌声飘出来。
房子周边栽满刺，
哥在路边常徘徊。

妹妹空闲忙织布，
就像蜘蛛在抽丝。
哥哥认识妹开始，
夜夜返家总是迟。

第四章

逛龙宫

路水相连重交错，
妹在坝头勤招手。
身披袈裟心归佛，
不能与你同路走。

人间三十三条路，
哪一条路属僧人？
和尚礼佛在寺院，
不能与妹来攀缘。

山洞修炼脱凡事，
长老威德传四方。
和尚生活有谁知，
哥心忧愁无人晓。

不能与妹来相会，
即使同在人世间。
蝴蝶乐在花园里，
何日与你效鱼欢？

金角龙王跃上天，
顿时大雨洒人间。
九条花龙翻海水，
风浪滚滚赴岸边。

金角大龙空中住，
几次沐浴换新装。
小龙都来人间乐，
沐浴多次会同乡。

大船周围挂铁锚，
停在海里不会漂。
小船边头铜锚悬，
划到水中戏波涛。

大船海中驶不动，
手遮双眼人忧愁。
小船无法划靠岸，
妹妹呼救泪更稠。

浪中大船难行走，
左右无助人悲哀。
船在浅滩推不动，
人在船中常发呆。

船头放下大铁锚，
用它挡水抗大浪。
铜锚拴在小船尾，
靠它停到水中央。

大船游向大江边,
就像跃马响铃声。
小船靠在浅滩上,
上岸休息互递烟。

金角老龙空中跃,
天上立即乌云滚。
小龙要攀顶天柱[①],
千人万人望眼穿。

注:①傣族传说中有一座顶着天上的高山,俗称顶天柱。

第五章

欢乐歌

金鹦鹉开始歌唱，
森林里来回飘扬。
麻雀风雨中畅游，
傍晚回家组成对。

鹦鹉口渴想喝水，
水中是否有小虫。
鸟儿腹饥吃青苔，
能否将它咽肚中。

人用餐时莫激动，
饭在口中味不香。
慌忙往往出差错，
美酒佳肴难下咽。

坠入爱河忘饥饿，
母叫吃饭听不见。
心中思念不成眠，
急得母亲把手牵。

乐在爱里忘吃饭，
手持碗筷不会动。
心中思念少言谈，
母亲问话无应答。

爱到深处难自拔，
躺在床上如病发。
急得老母没办法，
日夜操心守床榻。

思念成疾躺床上，
爱在心底羞言话。
母不知情干慌忙，
赶紧拿米去卜卦。

妹我得了相思病，
要讲实话难为情。
母亲以为患重疾，
急得到处把医请。

思念情人靠书信，
收到情书心欢喜。
哥妹传情靠邮递，
心里话儿书中叙。

书信常常能收到，
你我久久不相逢。
可惜文字没有声，
只见纸张不见人。

思念让人心慌乱，
抱枕当哥真羞人。
依窗远望常发呆，
偷偷落泪不出门。

夜里听到脚步声，
以为情人已到来。
急忙下楼把门开，
绊着石头不觉疼。

夜风吹来树影动，
疑似情人来相会。
只见明月挂高空，
孤身独影不成对。

走下竹梯脚铃响，
等你楼下来相会。
哥哥不来心里凉，
妹妹思念难入睡。

妹在院场等哥来，
为何迟迟不见哥。
明月早已上树梢，
留下妹妹独一个。

常到门口来守望，
见到蝴蝶当情郎。
盼哥到来忙梳妆，
不见哥来妹心伤。

思念常倚门观望，
日夜盼着俏情郎。
只见羊儿在山岗，
不见哥来妹泪淌。

哥哥名声早在外，
村村寨寨美名传。
妹妹有心来示爱，
希望博得你心欢。

沟边有块洗衣石，
妹妹常来洗衣物。
只为见哥虚度时，
哥哥何不走此路。

一到沟边更思念，
只见那里人成群。
以为情郎在岸边，
只见别人笑语欢。

渡口相遇见钟情,
哥哥神情乱妹心。
想要向你表心意,
只怕哥哥情已定。

大船停泊渡口上,
忽听岸上马铃响。
小船靠在水岸边,
成群马帮挂铜铃。

大船顺江靠近岸，
挂上铁链再锁它。
小小船儿往岸靠，
铜锁锁住不会漂。

爱如月食难分开，
人隔两地心相连。
情似乌云遮蔽日，
你我情意永不变。

爬上山岗想恋情，
两手拭泪心忧愁。
遥望远方旧情人，
只见迷蒙雾遮眼。

爬到山顶云儿尖，
坐等情郎草发黄。
恋情心里常思念，
妹盼哥哥心儿慌。

恋情深深埋心底，
就像白云随风飘。
妹常对山诉情意，
思愁唯有虫儿晓。

林中鸟儿成双对，
盼着阿哥来相会。
爬上山顶不觉累，
想着蜜情心陶醉。

林间小道静悠悠，
爱你之情仍依旧。
若能与哥再同游，
定要牵手到永久。

思念被群山阻挡，
爱情难互诉衷肠。
想要与你配鸳鸯，
只在梦里会情郎。

高山难断两人情，
一生只愿和你亲。
隔山隔水心相映，
一心一意永不弃。

哥是山中金马鹿，
若是花儿妹要采。
哥是寨里人中王，
若是果子妹想摘。

来到大街人群涌，
听见汉人马铃声。
街上处处人涌动，
铜铃声声远方来。

走近街头心里乐，
汉人卖马价格好。
我们来到街中央，
汉人货物价格高。

赶街真是很快乐,
人人换上新衣裳。
逛街挑货趣事多,
人人都穿节日装。

街子就在大城里,
进街之前先打扮。
大城街子真热闹,
系条花带随风飘。

听见街中锤声响,
银镯子已制成双。
锤声响亮传街巷,
金项链已挂成行。

城里大街真热闹,
只见到处卖丝绸。
赶街天里城中挤,
玲珑绸缎价更高。

城里大街很繁华，
各种衣服两边卖。
各种货物街上卖，
土货洋货很新鲜。

大街小巷闹喧天，
各种箴帽摆两边。
城子里面更热闹，
大小花伞挂成片。

城里街子真热闹，
串串金黄是芭蕉。
还有芒果麻桑坡①，
新鲜果味随风飘。

逛到下午腹中饥，
该约大伙吃饭去。
伙伴是否已到齐？
回家之前聚一聚。

注：①麻桑坡，傣语，即树木瓜

大伙难得餐桌聚,
有无美酒皆欢喜。
人生难得几次遇,
粗茶淡饭有情义。

日落西山天将晚,
告别伙伴回家去。
别让父母们担心,
不给家人干着急。

走出街头要分手,
别后各自就回家。
祝大家一路顺风,
愿大伙安全到达。

回家路上莫回看,
生人搭讪要防范。
返程途中别贪玩,
谨防祸事把身缠。

平安到家齐团圆，
全家共餐饭香甜。
儿女依在母身边，
天伦之乐赛神仙。

第六章

离别歌

我们就要离别了，
隔着双瓦别①还多。
妹妹心中很难过，
就像病人上陡坡。

分手像鱼离开水，
离别像鱼跳出江。
离开情人心难过，
悲伤泪水心里流。

注：①"双瓦别"，傣语，意为距离很远。

你我在弯路离别，
哥妹在窄路分手。
就像衣服断袖口，
不知何时再聚首。

今日离别难相见，
就此分手各西东。
就像青蛙追月亮[1]，
时辰不到一场空。

注：[1]青蛙追月亮，即月食。傣族传说中，青蛙追赶月亮，抓到月亮后青蛙就将月亮"吃"掉，类似汉语中的"天狗食月"。

但愿离别不长久，
我俩分离只一时。
就像布块离织机，
很快又能织布匹。

分别容易相见难，
哥妹相逢时难定。
山地播种难发芽，
旱地栽秧难发青。

期盼别后早相见，
不让相逢又分手。
年底能否再相依，
梦里双双常聚首。

刚刚分别就思念，
怎奈相逢又别离。
恰似孤星照夜间，
就像残月空无语。

分别总盼早相见，
重逢最怕再分手。
恰似泉水绕山涧，
就像鹭鸶在盘旋。

离别以来难相见，
分手之后难重逢。
思念不能相谋面，
想你只能在梦中。

离别就像刀破竹,
破竹犹如谈分手。
人家将竹片分开,
我们把竹片拢来。

离别就像剪绸缎,
分手犹如割布匹。
山路弯弯多重叠,
绸布剪断再难接。

分手相距一千里，
离别相隔九九洲。
别离远方很难过，
分手千里太伤愁。

离别相隔重重山，
分手已成他方国。
你到哪国哪山住，
能否悄悄告诉我。

离别送句知心话，
分手期盼早重逢。
一封情书谈过去，
一句暖语温旧情。

第七章

鹦鹉歌

今日出门不骑马,
白雾茫茫大阴天。
单身走出寨大门,
手摇宝扇逛花园。

出门身在花丛里,
孤独攀缘人不依。
此时花开色正浓,
无伴淹在人群中。

雨露春风摇花动，
百花争艳味正浓。
湖清绿柳鸳鸯戏，
何时情侣再相依。

独自走在荒山里，
坟墓周围阴风急。
出门远行为侣伴，
思念情人心不寒。

青枝嫩叶露坠弯，
若是木材我来砍。
假如无主迎春花，
我将把你采回家。

清新玉色误浊水，
以为彼此不相配。
本来是金说成银，
原还温暖现已冰。

手持金棍骑玉象，
泉水长流沟口宽。
你我好久没对歌，
与妹相会实太难。

良辰吉日到新年，
艳阳春风入村寨。
百花园里争斗艳，
金色品帕①靠哥栽。

注：①品帕。傣语，草本植物名。

想跟你好怕你嫌,
若是鲜花盼枝连。
日夜等待望你来,
两朵花儿同时开。

荷花开在池中央,
满园鲜花迎风长。
哥想采摘怕刺伤,
漂亮阿妹在远方。

春天到来秀①尖嫩，
出门相亲把路问。
异地相恋行程累，
不如找个同村妹。

远方板宝②虽然美，
不如本寨满谢③好。
恋人在远难相会。
本寨姑娘随时找。

注：①秀，傣语，野生植物名，可以入菜。
　　②板宝，傣语，花名。
　　③满谢，傣语，植物名，可作药用。

头沾天上甘雨露,
脚踏江边白沙滩。
不辞辛苦走夜路,
只为与妹把心谈。

大象威武靠白牙,
篱笆要稳靠竹桩。
美好家园靠大家,
幸福生活同开创。

第八章
秀相歌

"秀相"，傣语。"秀"是一种植物名，可以入菜，味道鲜嫩可口。"相"是傣语，宝（石）之意。合起来便是宝石一般的"秀"。"秀相"或"秀罕"（罕，金之意），被傣族常在民歌中使用，以起到衬托作用。

秀相常在春天乐，
何时与你能对歌。
春天开花是秀相，
何地能和妹相逢。

秀相开在大树上，
妹妹如何去攀摘。
鲜花开在悬崖上，
让妹如何采下来。

青竹尖上开秀相，
妹不会答只会望。
秀相开在竹尖上，
枝繁叶茂风中荡。

秀相开在瀑布旁，
舌在嘴里口难开。
瀑布旁边开秀相，
水花争艳齐平排。

秀相开在树蓬旁，
日落黄昏难看清。
鲜花开在高岩上，
清风吹来四处香。

秀相开在野藤下，
妹妹嘴笨唱不来。
鲜花开在小路旁，
阳光照时花才开。

风和日丽秀相开,
妹羞不敢招你来。
别处花朵更鲜艳,
手巧姑娘在远方。

秀相开在阳光下,
华共[1]林中不敢唱。
胡琴佩花更好看,
发辫带须胜仙装。

注：①华共，傣语，鸟名。

秀相开在月光下，
今天我们来约会。
鲜花开在阳光里，
甜情蜜意令人醉。

秀相开在百花里，
是否有缘共白头。
两花并蒂实难遇，
此生与谁同牵手。

第九章

犁田歌

蓑衣绳上配麻绳,
汉人来到街上卖。
麻绳再配蓑衣绳,
勐广①汉人送上来。

上沟修通连下沟,
竹坝垦田平四周。
下沟能够流上沟,
开垦大田创丰收。

注：①勐广，地名。现属缅甸。

年头肥水滚滚来,
引来肥水泡大田。
初春雨水逐渐下,
大家撒秧忙不闲。

北方开始赶马帮,
我们赶牛犁大田。
初春刚刚长青草,
爷在牛后孙在前。

大田若在村边种，
田埂常常被猪拱。
如果大田种家边，
篱笆常被猪拱通。

如果寨边种大田，
天天为猪难安宁。
如果家边种大田，
为防猪拱操尽心。

如果大田远离寨,
愁在送饭太遥远。
如果大田远离家,
难在送午饭到田。

现在已是午饭时,
还不见午饭送到。
已是晌午日偏外,
送午饭人还不来。

已是正晌午时刻，
只因家中还有客。
早已超过晌午时，
家有贵人才来迟。

大田种在薄竹坝，
这里常遇好姑娘。
大田种在埋南①旁，
天天见到人撒秧。

注：①埋南，傣语，竹子名。

坝子那边牛力贵,
我们早晚犁两回。
南边牛力价正廉,
我们铜钱换银圆。

从那开天辟地时,
我们水牛身体壮。
我们牛壮毛光滑,
买自保山大地方。

牛肥体壮牛角长,
连母带子名远扬。
好牛犁田卖力气,
人间神界齐赞扬。

我们水牛犄角直,
犁田拉犁不会累。
我们水牛角朝天,
拉犁技巧好教会。

水牛头长尖尖角，
我们教会它犁田。
水牛健壮角长长，
犁田沟直不会弯。

我们水牛会听话，
耕田历来不用打。
我们水牛角弯弯，
越犁技巧越到家。

我们水牛两角宽,
田块再大也犁完。
我们水牛犄角直,
从来不会踏菜园。

我们水牛四方逛,
从来不会生疾病。
我们水牛体健壮,
长年累月不遭瘟。

年初雷响雨才下，
我们堵坝放大田。
春季开始放田水，
撒秧季节雨纷纷。

早晨洛晓[1]林中叫，
我们起早修田埂。
林里华共高声唱，
学生背包上学堂。

注：①洛晓，傣语，鸟名。

林中洛晓叫得勤，
姑娘停织忙下田。
华共天天叫不停，
男女舞锄在田间。

饱满软谷田头种，
谷粒肥大香满院。
软米好吃田中栽，
谷穗高产卖不完。

肥田我们种糯谷,
颗粒肥大满田香。
大多稻田种软谷,
谷收到家堆满仓。

竹席上面打糯谷,
打出谷子才干净。
大谷场里打软谷,
驮运要靠黄牛帮。

百箩谷子收干净，
装满小仓装大仓。
千箩谷子大增产，
要用玉石垫谷仓。

人生无非就这样，
无事带孙唱山歌。
生活我们应珍惜，
老来陪孙乐呵呵。

天下人生都一样，
优良传统传儿孙。
人生规律就这样，
无论百姓和王侯。

爷爷嘴巴会说话，
领着孙子说遍天。
爷爷嘴巴像老鼠，
故事天天讲不完。

孙说爷爷我嘴歪，
爷想给孙找姑娘。
孙说爷爷嘴像鼠，
爷要为孙找媳妇。

第十章

十二马（月歌）

云淡天高新年到，
清风送凉雾蒙蒙。
千树万竹长新芽，
成群大雁鸣长空。

二月太阳落山早，
空气凉爽万花香。
猫头鹰在山头叫，
群鸟相依闹山岗。

二月过后三月到，
蓝天白云下露霜。
人人加衣身觉冷，
樱花开放四处香。

三月过完四月临，
山坝一片绿茵茵。
春节串寨访亲戚，
鼓声歌声响入云。

四月①处处新气象,
老少同欢换新装。
但愿春节再延续,
妙龄男女想沾光。

大雁成群往回飞,
五月风大动山蒿。
江河水少风扬灰,
林中知了吼声高。

注:①傣历四月是农历的正月,也就是春节。

六月半年水渐大，
人勤筑坝撒秧忙。
山坝竹木正发绿，
修沟垒埂换新装。

青蛙游泳鸳鸯戏，
七月到来雨纷纷。
竹林叶绿新枝长，
各种动物闹春忙。

八月烈日烫如火，
拔秧栽秧帽遮头。
动物躲在阴凉处，
娃娃白天闹水沟。

九月多是云雨天，
谷子茁壮肥水田。
鸟儿寻虫忙喂子，
青年男女弹口弦。

绿叶迎风十月到，
雨水滋润竹抽梢。
萤火虫儿夜间闹，
微风吹动谷花飘。

十一月份雨渐少，
天气变凉菊花开。
各种水果满树梢，
人们下河找鱼虾。

风吹雨停十二月，
宽阔坝子一片黄。
辛勤劳作傣家女，
手握镰刀收割忙。

年年月月勤更替，
老年过完新岁来。
男女老少都勤劳，
幸福花朵常常开！

第十一章

赞美歌

色彩夺目银光闪，
美丽色彩天边来。
闪闪银光耀人眼，
金光银光照家园。

伞下白银光闪闪，
伞骨上面是银星。
白色银光在伞下，
伞下全都是星星。

伞下金银色光亮,
赞你又怕得罪人。
金银光彩照伞下,
真想成你恋中人。

赞哥房子百棵梁,
骑马才能逛一圈。
百棵梁是哥房子,
想看骑马逛半天。

哥哥你家是大户,
照壁墙上闪月光。
哥哥你家真富裕,
院内房间排成行。

哥哥你家真兴旺,
大柱小梁都有光。
哥哥你家人羡慕,
大间小间是瓦房。

哥哥你家是富豪,
经常用秤称白银。
哥哥你家名声大,
天天提秤称黄金。

哥哥你家真出名,
谷子大米仓连仓。
哥哥你家人人颂,
金箱银箱排成行。

哥哥打扮头发亮,
天天骑马逛地方。
哥哥身材人羡慕,
空闲常来逛村庄。

哥哥真正会打扮,
多件衣服换着穿。
哥有披风四五床,
每天出门都更换。

哥哥身材真是帅,
脚踩清水亮四方。
哥哥名声真正大,
是金妹能否沾光?

哥哥方脸大浓眉,
但是你别太挑人。
哥哥浓眉样子帅,
你别专挑大美人。

哥哥体魄逗人爱，
诱妹心跳如海涛。
哥哥谁见谁都爱，
惹得妹心随风飘。

哥哥庄严全在脸，
你下水时会闪光。
见了哥哥真羡慕，
我们心中在赞扬。

心宽体壮样子美,
愿与哥哥常对歌。
毛巾常将筒帕挂,
与哥对话真快乐。

哥哥体魄赛天子,
夜夜想你到白天。
金银放哪都值价,
哥与谁过到晚年?

哥有漂亮黑牙齿[1]，
两排整齐真诱人。
身体庄严似和尚，
人人见了赞端庄。

哥哥脸方又带白，
想来包饭当莲叶。
哥哥脸白又鲜嫩，
真想把它当棕叶。

注：[1]黑牙齿，过去傣族用缅桃树的树枝烧火后，让其烟熏在刀或镰刀片上，用沾在刀片上的烟来染牙齿，以黑为美。

哥哥身材人赞扬，
未跟你恋也想谈。
哥哥模样颂不完，
你有恋人我也攀。

哥哥两臂硬如铁，
走起路来快如风。
身体强壮靠两臂，
动作也美声音洪。

哥哥形美还在手，
双手配脸都有光。
哥哥双手很得体，
像秀相在绿叶中。

哥哥体魄很出众，
会写会算又会唱。
哥哥年轻正力壮，
手握公章德高尚。

哥哥年轻正体壮，
穿着得体好衣裳。
布料全是傣家织，
穿上傣装有官样。

哥哥衣服是谁裁？
穿着赶街惊众人。
得体衣服是谁缝？
哥哥穿它串傣村。

哥哥像个大官差,
从南到北闯四方。
哥哥最受人尊敬,
就像威仪大和尚。

（男唱）：

色彩夺目闪银光,
银光闪闪来天边。
耀人眼处光彩美,
银光金光照家园。

银光闪在小伞下，
伞下星星亮晶晶。
小伞下面银光闪，
还有会笑的眼睛。

白花开在小伞下，
想摘又怕多情人。
金银彩光伞下照，
真想成你梦中人。

妹的辫子多漂亮，
绕上毛线更诱人。
花辫绕头更美丽，
妹已成为画中人。

妹有头巾来装扮，
编成辫子更迷人。
多块头巾轮流用，
妹妹出门赛天仙。

妹妹秀体配美脸，
一出门就吸引人。
妹有美脸配秀体，
谁都夸妹美如仙。

妹衣得体秀发美，
身骑骏马离哥远。
妹妹芳龄似花朵，
骑马离哥到别村。

妹妹双眼更美丽,
闹得我心不安宁。
妹妹眼睛会说话,
说得我心乱哄哄。

如果我是一只鸟,
织布机旁守身边,
细眉似棵灵仙草,
为你输金我情愿。

柳眉凤眼会挑人,
与你无缘哥心疼。
漂亮妹妹找俊哥,
我的思念对谁说?

妹想与谁伴到老,
能否说给我听听?
肤色如银好妹妹,
闹得哥心不安宁。

哥见你时心意乱，
只因见妹银耳环。
小伞下面金光闪，
还有甜美小眼睛。

洁白脸蛋如玉笋，
妹像王府一朵花。
冰心玉洁美名存，
何时与妹成一家？

妹像芙蓉肌肤嫩，
若是树叶哥要摘。
妹如珍珠肤色润，
若是鲜花哥想采。

妹妹容貌像仙女，
纯洁如玉会发光。
清如泉水天上来，
天下小伙为你狂。

脸儿团团如花朵，
蜜蜂成群身边舞。
绣花毛巾腰间挂，
清亮歌声把妹夸。

五官端正体态美，
想要赞美怕人知。
今天与妹把歌对，
想要定情怕人晓。

妹妹像在镜子里,
夜晚想与你相依。
期盼和妹常相恋,
何时与你不分离?

妹妹黑牙更美丽,
但愿与妹常相依。
期盼同妹一家住,
终生相守不分离。

圆圆舌头在嘴里，
平时吃饭它帮忙。
嘴巴里面圆舌头，
它像镰刀割谷桩。

妹妹身材人人爱，
嫁人不挡夺妹心。
犹如仙女下凡来，
但愿依偎不分开。

鲜花开在密林里，
蜜蜂采过哥不嫌。
你是珠宝深层埋，
我挖玉石数十年。

两边脸旁耳坠亮，
鲜花引来蜜蜂群。
体态丰满惹人爱，
哥哥一见竟发呆。

妹妹衣服真鲜艳，
今生能否成一家？
龙纹衣服更漂亮，
今世能否住一屋？

妹妹真是会打扮，
衣服鲜艳闪银光。
妹妹辫子长又黑，
无数小伙在争风。

佩金戴银人更美，
卷袖两手似象牙。
两手嫩白像竹笋，
前后摆动如仙家。

妹妹手臂更好看，
初见疑是出水莲。
妹妹笑脸更灿烂，
远方人见以为仙。

妹像富家大公主，
阳光灿烂美如仙。
还有两手逗人爱，
如笋立在绿叶间。

两边美膝也白嫩，
诱人动心如玉石。
聪明贤惠农家女，
成群小伙无不知。

妹妹脚趾如白玉，
灵活小巧超众人。
妹妹人美引人爱，
前后左右赞不完。

妹妹双鞋配双袜，
走到哪都吸引人。
妹妹走到大街上，
众人争看货摊翻。

第十二章

讨烟歌

(男唱)：

远方花朵真鲜艳，
想来向你们讨烟。
远方花朵真正香，
我们来讨烟品尝。

烟苗都栽在地上，
我们早就闻烟香。
勤劳人们真快乐，
我们讨烟格舍得[①]？

注：①格舍得，意为"舍得吗？"格，取其音ge，在云南方言中表疑问。

草烟种在旱地边，
我们今晚来讨烟。
旱地肥沃烟叶宽，
讨烟给点尝尝鲜。

(女唱)：

哥在肥地种烟叶，
讨烟能否给一些？
好烟就种在沙地，
现在能否分几匹。

草烟种在洼地边，
今晚哥格舍得烟？
烟地本是依山水，
妹妹伸手怕空回。

大园子烟叶干净，
今晚妹向哥讨烟。
烟丝本是一种情，
妹妹讨要哥哥心。

烟丝本是双方愿,
妹妹才会来讨烟。
烟丝自古定姻缘,
哥在富家不得嫌。

哥哥本是富家人,
妹妹才向你讨烟。
烟丝本是一种缘,
今晚哥哥格喜欢?

两捆三捆好草烟,
向哥讨烟你别嫌。
四捆五捆烟真好,
哥哥别嫌我唠叨。

耿马烟是怒江烟,
哥哥能否给一点?
草烟本产自怒江,
今天请哥行大方。

细细烟丝真正好,
草烟哥哥用纸包。
用纸包来用绸裹,
等待香烟夜渐深。

讨要草烟装烟盒,
就看哥哥格舍得。
妹妹烟盒是铜做,
向哥讨烟意如何。

想把草烟带回家，
不知哥哥能给吗？
有心带烟在身边，
今天向哥来讨烟。

哥哥走后院场空，
企盼我们情意浓。
哥哥回去路遥远，
盼望我们意长绵。

给烟哥就递烟吧，
不能只是把话答。
话语太多不会甜，
话多时间会拖延。

感谢哥哥送香烟，
我们话语比蜜甜。
哥哥递烟开大门，
妹妹牢记此大恩。

妹妹到老也不忘,
哥哥递烟好心肠。
哥哥送烟一大捆,
嚼到栽秧也不完。

烟丝虽少情义重,
我们双方感情浓。
哥哥给烟嚼不完,
礼轻心意重如山。

第十三章

缺烟歌

妹妹家里太贫寒，
妹只有空手一双。
妹妹一样也没有，
唯独只有小指头。

两天三天五日街，
烟苗汉族才背来。
挑着篮子做生意，
青青烟苗街上卖。

街上烟苗多又多，
可惜汉话不会说。
请来老人做翻译，
我把手中银圆递。

第十四章

赞花歌

黄菊再加上葵花，
龙王也采不到它。
葵花永远开北方，
黄色绿色伴花香。

黄菊配种种百花，
红黄绿蓝一大家。
有时还会开绿花，
蝴蝶群蜂拥向它。

黄菊开在百花中，
四季芬芳香意浓。
不同花种一大片，
你我歌声谁更甜？

黄菊开在枝枝上，
绿叶相配味芬芳。
菊花有时也争艳，
各种花开枝相连。

金凤花开更鲜艳,
一年四季开满山。
各种花色满山头,
开开谢谢不停休。

金凤花开河边上,
风吹花味遍山岗。
绿色白色配大红,
晴天争艳扮湖塘。

小小菊花树很矮，
小花有时独自开。
野花开在田埂上，
晚风吹来更清香。

红色本是石榴花，
哥哥又爱海棠花。
百花开放香味浓，
不知谁在哥心中？

鲜艳桃花枝上开，
红红点点迎蜂来。
白李红桃霜露爱，
只盼明早对歌来。

小鸟上树尝水果，
妹妹不会唱山歌。
白霜寒露鸟自爱，
妹妹双手捧不来。

白花开来真鲜艳，
风雨不离绿叶间。
人说白花树枝老，
时时香味随风飘。

大红鲜艳名牡丹，
人人见了都喜欢。
百花丛中牡丹开，
妹妹双手采不来。

第十五章

跳马歌

我们骏马体肥壮，
来自王城到南江。
我们骏马人人爱，
天地形成时牵来。

我们将马来打扮，
色彩光艳照家园。
骏马体壮毛发光，
男女骑进节日场。

我们外出做生意，
将马化妆更神奇。
骑马到处都去走，
我们去卖缎和绸。

我们骏马真肥壮，
骑马扬鞭游四方。
骏马毛滑金灿灿，
还请姑娘守货摊。

身骑白马心里忙，
走遍坝子串姑娘。
貌像骑士真英勇，
姑娘群中显威风。

走到目的马抖毛，
下马脱衣随风飘。
骏马金鞍黄灿灿，
节日场里尽狂欢。

第十六章

骑马歌

远古既定换年轮，
星移斗转万象新。
年头岁尾最热闹，
男女对歌乐陶陶。

腊月终了正月来，
外出对歌乐开怀。
正月来临万象新，
我们对歌放激情。

赶紧生火快煮饭,
我们包饭出远门。
出门时鸡鸣一遍,
目标遥远在天边。

我们骑马上山来,
满山遍野万花开。
我们攀树扯野藤,
各种青藤树上缠。

我们上山砍竹木，
举目高峰物复苏。
野藤条长亦粗大，
日落偏西才回家。

上山砍木竹很累，
告别山岗把家回。
万种山花各争艳，
别了森林回家园。

到家把竹破成条，
长辈时时把手教。
边骂边教传手艺，
长大我们有出息。

我们破埋桑①来用，
编成大象真威风。
竹片削得柔若水，
才能编成象生辉。

注：①埋桑，傣语，竹名。

我们从头编才好，
免得长辈笑弯腰。
要使程序不弄错，
编好头部再编脖。

编好再用白纸裱，
裱像花朵香味飘。
细心裱好身体外，
小伙玩得乐陶陶。

我们骏马体肥壮，
它是来自国王城。
骏马毛滑光灿灿，
它是来自大保山。

我们骏马爱啃草，
我们骏马是花脚。
花脚骏马吃树尖，
我们骏马体更圆。

骏马过山又涉水，
走遍村寨路难行。
距离之间路坎坷，
一路走走又停停。

远方传来锣鼓声，
姑娘进屋忙打扮。
远处鼓声四五下，
男女城中把话搭。

骏马要去拜寨神，
长者住在何地方。
骏马现在要出门，
赶快告诉长辈们。

姑娘小伙齐出门，
想去大城逛一圈。
大伙骑马去游玩，
要到王府走一遍。

我们黄昏出寨门,
骏马回头看路程。
姑娘小伙齐欢乐,
黎明才散回各家。

我们骑马到来晚,
大妈别怨不按时。
我们骑马走得慢,
大爷莫怪来得迟。

锣鼓三声姑娘闻，
只闻鼓声不见人。
五声锣鼓姑娘听，
大伙早在城边等。

幸福小伙和姑娘，
我们时间很漫长。
姑娘小伙真快乐，
我们齐唱数月歌。

现在我们说再见,
别了大妈阿姨们。
我们就要往回转,
告诉男女长辈们。

我们现在往回转,
再见一声把话传。
大爹大哥请留步,
骑马吼歌要回家。

我们娱乐看节气，
我们打鼓挑时间。
下次举灯再来聚，
骑马对歌笑开颜。

第十七章

忧愁歌

忧愁三餐很难咽，
有人安慰痛稍平。
伤心夜晚难入眠，
只盼亲友来宽心。

妹妹忧愁无人帮，
就像豆棚已枯黄，
单身孤坐偷流泪，
只因忧愁没人陪。

妹妹忧愁不如人，
愁时没人问一声。
忧愁时间催人老，
走进城里没人瞧。

妹妹忧愁如病育，
就像孤雁绕长空。
妹妹忧愁如断肠，
亦如孤鱼游空塘。

忧愁还没有婆家，
吃饭眼泪手中落。
伤心尚未得出嫁，
常守空房孤自坐。

忧愁如绳捆三道，
想出大门怕脸丢。
忧愁就像没朋友，
走到哪里无人瞧。

妹有忧愁三十箩，
如是子弹我送人。
妹有忧愁五十筐，
如是货物摆排卖。

带着忧愁出门看，
乌云满天泪涟涟。
别人双双把手牵，
唯我孤独愁满面。

忧愁枯叶落山岗，
飘入水中流远方。
忧愁就像干沙滩，
大风刮来黑满天。

忧愁无法去清洗，
妹妹只能常哭泣。
天天相伴伤心事，
使得妹妹泪涟涟。

妹妹忧愁无法卸,
就像茅草干枯竭。
妹妹忧愁无去处,
魔国是否能居住?

人生道路还很长,
妹妹忧愁像龙江。
终日忧愁何时了?
就像小船江上漂。

第十八章

欢送歌

哥哥走后妹孤单，
与妹对话有何人。
鱼在江中水已浑，
哥走伴妹唯白云。

哥哥欲走无法劝，
日落西山进黄昏。
哥哥要走挡不了，
妹妹像蜂被火烧。

哥哥说走就要走，
妹妹包饭赶后头。
哥哥要走无法挡，
让妹伤心泪汪汪。

哥哥欲走妹不挡，
走到豌豆撒山岗。
哥哥越走越遥远，
目送影子到天边。

哥哥走到甘蔗园,
到远方给妹来信。
哥要远行慢慢走,
记住妹妹等回音。

想跟哥哥一起走,
怕你情人棍击头。
想伴哥哥到三更,
扁担拷打妹更疼。

送哥到村算到达，
送到荷塘才返家。
送哥半路难舍离，
夜深露水湿沾衣。

送哥送到卧室里，
同坐床沿两相依。
哥妹捧花拜家堂，
祝愿未来幸福长。

第十九章

行路歌

镰刀把用宝石镶，
常到花园串姑娘。
路旁大树高又高，
青藤就像龙缠腰。

妹妹家乡宽又广，
一条龙江日夜淌。
妹妹家乡土肥沃，
江水一条流远方。

宝石镶在刀把上，
傣乡富裕似天堂。
傣家名声享天下，
小伙常来串姑娘。

傣乡就像大花园，
难得与妹逛山间。
青山美景甲天下，
太阳落山才回家。

今天我们出远门,
是否告诉长辈们?
父母两老家中坐,
出门要与他俩说。

出门远游四方逛,
备好午饭和衣裳。
备好一切包袱重,
绸被花纹是大龙。

出游目的很遥远，
备齐行李出家门。
被子衣服装满担，
我们出门逛天边。

出门是否要包饭，
还有什么菜最甜？
远游是否带晌午，
什么好吃说一声。

出门之前祭灶君，
灶神护佑走平川。
出门先去拜家神，
家神保佑才平安。

大妈阿姨别来劝，
我们出寨去游玩。
大爹大哥别劝阻，
我们现在出远门。

远游出门走在外，
村外铃声传过来。
我们出门游他乡，
备好马儿铃铛响。

挑好时辰出远门，
大家你我一条心。
共同心往一处想，
欢欢喜喜游远方。

提前将马喂养好，
好马让它走前头。
喂饱马才身体壮，
无忧无虑走地方。

骏马毛光金灿灿，
要骑哪匹走在前。
骏马体壮毛鲜艳，
哥骑哪匹走当先。

我们骏马体儿壮，
大伙骑马行远方。
男女跃马有模样，
欢欢喜喜走他乡。

我们在大门观望，
空中蝴蝶组成群。
村外田野真宽广，
各种飞禽成双对。

有在前也有在后，
我们出门不回头。
有在后亦有在前，
我们目标很遥远。

路边菊花黄灿灿，
出门走过寨中间。
走出寨门更宽广，
一路花开味芬芳。

中途要过大岩山，
骏马受惊不向前。
眼看前面山峰陡，
体壮骏马走前头。

中途走到木板桥，
姑娘恋人挡前头。
途中有桥是木板，
小伙中有领路人。

木桥前面有水井，
喝口井水凉到心。
清澈井水映人影，
喝后大伙疲惫消。

中途走过大拱桥，
请问钢索有几条？
高高拱桥跨龙江，
请问钢绳有几根？

骑马出门走山岗，
途中有雾白茫茫。
站在高山举目望，
坝中白雾罩龙江。

我们用刀砍成片，
就是这里大森林。
我们来到大森林，
放倒大树闻风声。

出门走过岩石边，
石头磨断草鞋绳。
出门走过岩石旁，
草鞋磨破一双双。

现在我们吃包饭，
这里地平且又宽。
这块山坡很宽广，
高高树下好乘凉。

包饭藏有什么菜？
大家都来猜一猜。
蕉叶包着各种菜，
大家是否吃得来？

走到一个大街子，
今天正是赶集日。
到处听见铜铃响，
街边都是大马帮。

我们将马拴两旁，
还要晒被晾衣裳。
要把骏马拴街沿，
再将鞍子放两边。

异乡街子人来往，
各种货物两旁摆。
绸缎布匹满街子，
人群晃动买卖忙。

大城街子货物齐,
装米箩筐放两排。
城里大街众人挤,
日光暴晒汗沾衣。

现在我们要离城,
轻轻牵马欲返程。
悄悄骑马别人群,
慢慢上坡进山岗。

回家路上走山间,
晚餐人人味香甜。
今天返程还算早,
下次我们再来玩。

第二十章

宝棍歌

生活富裕钱不少，
我们朝代称清朝①。
身披袈裟叫和尚，
我们买卖数钱两。

清朝统领的时代，
还有生意人往来。
身披黄衣是和尚，
街天我们卖货忙。

注：①相传，宝棍歌创作于清朝时期，故诗歌中有如此词句。

宝棍别名称船桨，
常伴我们渡龙江。
每次街天来赶集，
宝棍常伴新衣裳。

挥动宝棍江水凉，
有时江风鼓衣裳。
宝棍上下勤舞动，
摇船送我过龙江。

宝棍任凭姑娘使,
谁将竹棍竖江边?
谁定宝棍这般长?
街天送咱渡龙江。

宝棍中间刻花纹,
花纹来自老艺人。
人见花纹都欢喜,
就像姑娘新花衣。

我们宝棍似大象，
体壮毛光白牙长。
脚白身高极威武，
牙尖毛滑美名扬。

大象身高白牙尖，
花鼻搬叶藏山间。
脚白牙尖天安排，
来往林中常徘徊。

我们宝棍竖江上，
岸边观望者成群。
谁都赞美这宝棍，
人人都想抢在前。

江中宝棍永不倒，
白天黑夜赛波涛。
两手去拨亦不动，
宝棍永远竖江中。

第二十一章

盼郎歌

孤身离马走出门，
眼前满天是白云。
出门眼看田野广，
手摇宝扇来乘凉。

单身出门太莽撞，
只因妹妹盼情郎。
妹妹出门忘性大，
如同一树异枝花。

轻风送雨满花园，
红花绿叶满山间。
露珠滋养万物壮，
湖中鸳鸯配成双。

眼见绿色万树丛，
真想移栽到园中。
绿叶配花真鲜艳，
若是食物带回村。

清清凉水为养人，
别嫌妹迟哥离远。
金银本质虽有别，
妹妹恋哥意志坚。

有意跟你怕哥嫌，
两花能否同枝开。
有心嫁你怕哥弃，
两情能否成一家。

说成金山如意宝,
其实魔国中可淘。
与哥江里同游玩,
妹疑将是龙王餐。

雨润荷花湖里长,
妹想伸手怕刺戳。
哥有情人把妹忘,
心里话儿跟谁说。

秀相栽在银山洼，
妹非哥哥眼中花。
妹是平凡一枝花，
怎能伴哥在一家。

分手何时又重见？
但愿分开心相连。
哥哥远走高飞去，
妹妹盼哥泪涟涟。

雨从天空云里下，
河水岸边一滩沙。
湖塘水中清又蓝，
莲池向来离寨边。

四脚平稳撑大象，
篱笆常靠四棵桩。
妹盼哥哥情意浓，
柳枝摇摆待江风。

第二十二章

小鸟歌

花园味香人意浓，
空中鸟儿组成双。
蝴蝶从不知人语，
今日妹哥放歌声。

远处青山鸟语浓，
小妹忘了旧歌声。
林中华共①常欢乐，
无才小妹愧待哥。

注：①华共，傣语，鸟名。

骏马毛光身体壮，
只盼骑马游远方。
两手轻摇花宝扇，
有谁领妹走在前？

龙泉喷水响哗哗，
小妹在此放白鸭。
水清名为龙泉台，
放鸭妹妹盼哥来。

水中好鸭常吼叫，
平时常被鹰叼走。
哥哥暗里有恋人，
现在只剩妹孤身。

鹦鹉歌唱常欢乐，
坝子肥沃养育哥。
白花鹦鹉吼歌唱，
妹妹脑笨守空房。

鹦鹉带有小红嘴，
独自常飞到空中。
哥像鹦鹉常吼叫，
别人金钱早拴牢。

金色鹦鹉带花纹，
飞跃空中常孤身。
妹妹只能看你影，
哥哥早已有情人。

金色鹦鹉花斑纹，
高飞为了传情话。
情书鹦鹉送得准，
可惜你我不谋面。

鹦鹉漂亮有花样，
地方美丽是故乡。
花纹鹦鹉通人语，
妹虽嘴笨志不移。

小鸟进山常欢乐，
妹妹脑笨无好歌。
鹦鹉赏花很自爱，
妹妹呼唤它不来。

小鸟进山已欢乐，
原是鹦鹉学唱歌。
小鸡眼睛已看见，
无数小虫进花园。

小巧鸟儿真美丽,
何时成双能相依?
鹦鹉早已盼成双,
但愿妹哥不分离。

鹦鹉前往硝水洞,
低头吸食怕有虫。
小鸟飞向硝水塘,
扇翅吸饮怕水脏。

鹦鹉飞翔上蓝天，
一群白色似白云。
麻雀全身是花纹，
结对成双很开心。

第二十三章

孤独歌

世间疑我最单口，
好像缺脚又缺手。
单身孤影无人陪，
男子无伴最伤悲。

男人缺妻子真苦，
幼儿无母天天哭。
缺妻没幸福可言，
梦里偷哭泪涟涟。

没有伴侣自己恨,
时时处处不如人。
男子无妻不如友,
只怪命运自己愁。

缺妻不像人缺米,
缺米借谁都可以。
缺妻不像你缺钱,
缺钱可借没利息。

缺伴不是短时里，
平常无人织布匹。
缺伴不是短时段，
无人交谈与相依。

没钱可向人借贷，
无妻去跟谁租来。
缺妻不像缺钱币，
只能在家自叹息。

缺妻真想大流泪,
诉苦无人来安慰。
无伴无侣最伤心,
诉苦没有人同情。

男人无伴心口疼,
光棍难以度人生。
单男日子没法过,
像蜂遇火无角落。

男子没妻真没用，
一张大床半边空。
白天无人帮煮饭，
夜里难眠心不安。

无妻有家难安住，
就像豆苗全枯死。
缺侣才是真正穷，
就像豆棚全死光。

缺妻男子像病痛,
衣破没人帮缝补。
男人没妻活着累,
房内废物处处堆。

无伴男子成光棍,
有时仿佛是疯人。
孤男无妻到处转,
今生白来世上颠。

第二十四章

青树歌

青树分出一百权，
飞鸟成群来安家。
绿榕高耸迎风寒，
大雁北来立枝端。

山脚一棵大青树，
雷鸣声声唤复苏。
绿色巨伞称叶榕，
遮住阳光出片荫。

榕树三百杈分枝，
何时才能遇到你。
东南西北来寻遍，
何时找到终生侣？

旧城有棵绿叶榕，
大象诱入市胡同。
老城早有大青树，
疑是天仙描画出。

银锁精心刻花纹,
莫留①春季开寨边。
姑娘衣襟配银饰,
近日避哥许人时。

山花鲜艳根相连,
哥盼与你把手牵。
柳花一年开两道,
是谁早把你拴牢。

注：①莫留，傣语，攀枝花之意。

身背筒帕①逛大城，
花须摇摆顺轻风。
绣花包头银闪亮，
两排缓步傣姑娘。

我们到大城游逛，
宝扇来配傣家妹。
城里人多真欢乐，
在此是否能对歌。

注：①筒帕，汉语方言，傣语意译为挎包之意。

黑字写在白纸上,
傣家姑娘练歌忙。
无能只对三五首,
甘愿认输面带羞。

对歌到此将结束,
它非可卖诸货物。
我们山歌已对完,
它像食品日可餐。

第二十五章

认准歌

心心相爱难开口，
默默无语藏心头。
单边思念无法讲，
只怨平时没商量。

就像圆桌很实用，
讲明怕人来偷听。
两心暗藏秘密事，
道清唯恐众人知。

心中想你成奢望，
羡慕蝴蝶都成双。
不如鸟儿无忧愁，
自由自在迎风游。

羡慕大雁跃天上，
飞到姑娘好地方。
世间所有动物类，
亦会寻侣组成双。

生菜凉拌真可口，
传统美食不能丢。
勤劳养家福报大，
姑娘手巧人人夸。

人有本事心稳定，
大缸装水表面平。
就像日常凉拌菜，
配齐佐料味道甜。

第二十六章

少年歌

刚学出门初懂事,
恰逢姑娘放歌时。
学会山歌不敢唱,
走调跑音心更慌。

出门还不会唱歌,
心慌如老母筛糠。
离寨山歌不会唱,
心急像母筛米忙。

我们少年正成长，
就像土蚕钻泥塘。
人间世事还不懂，
很似蚂蚱跳谷桩。

我们今天还很小，
走路桌子一般高。
身体在慢慢长大，
与人对话不会答。

刚长成人知事少，
就像桃皮还有毛。
说话奶味尚还在，
人们见了当小孩。

睡觉与父母同床，
鼻涕淌来人嫌脏。
自己晚上不敢睡，
单独出门还落泪。

日长米粒般很慢，
习温技艺父母传。
每天苏粒般粗壮，
刚学割草旱地中。

走路还要人牵手，
身体都没有肩高。
个头齐脖还很小，
玩笑话还没人教。

碰见姑娘躲开脸，
伸手摸不到檐沿。
举手比大门还矮，
路逢美女快躲开。

名为伙子年岁小，
扯谈玩笑会害羞。
身高服装欠打扮，
就像竹笋出干天①。

注：①干天，与雨天对应。

刚刚长成少年郎,
父母已盼我新娘。
我们才会自做主,
爹妈就想定媳妇。

日照白云天更蓝,
姑娘逗我们开心。
欲将你记纸张上,
唯恐你他已成双。

种在同园同长大，
我是绿叶你是花。
每到时节春雨来，
花叶是否伴随开？

第二十七章

接亲词

哦，各位长老：
　　是否已用餐？
　　是否已端茶？
　　我们礼节不全知，

我们风俗不全懂。
我们来了大伙人,
要来劳烦老人们。
　　已到来多天,
　　我们口大开,
　　我们贪心多。
　　衣长袖子短,
　　会吃言语缺。
真是惭愧！惭愧！
亲戚们都很富裕,
我们晚辈钱财少,
都是因为不勤劳。
　　嫁妆得很多,
　　礼品极丰富。
　　房子内摆满,
　　如街子一般,
　　我们深感羞愧。
我们很不会料理,
只会编两只竹篮。
讲着道理请赞同,
说错就当耳边风。

敬请都放宽胸怀,
别把我们当笑童。
我们来了一大帮,
劳烦长辈们帮忙。
我们都起早摸黑,
来时天还没有亮,
今天想趁早返回。
蓝天无限日子短,
敬请长辈们开恩,
同意我们请求吧。
敬请长老们开许,
想趁太阳不落山,
我们就回到寨边。
　　红绸被,
　　绿绸被,
还有花纹大毛毯。
　　花枕头,
　　宽蚊帐,
金箱银箱两大个。
　　电视机,
　　碾米机,

现代电器样样齐。
煮饭不用火，
炒菜不用柴，
男女老少乐呵呵。
家有金银碗，
屋有宝石瓶，
还有金银杯碰盘。
还有银把伞，
嫁妆很齐全。
现在来请求，
请长老同意，
开金口玉言。
得嫁妆很多，
挑回家都累，
放下一大堆。
这些新嫁妆，
千年用不完，
万年用不尽。
让他们兄妹，
能使用到老，
好夫妻一对。

长辈们心好，
我们要一肘，
你们给一排①。
来时公斤半，
回去四担多，
人都累完啰！
　出门：
挑选好日子，
选择吉利日，
采到了鲜花。
请长辈同意，
我们带回家，
请求出门了。
长辈们心好，
采到花鲜艳，
香味飘不完。
多谢！多谢！
　女方：
女儿脚手笨，
父母教多年，

注：①排，汉语方言，读第三声，即两臂完全展开的总长度。

她还学不完。
还得靠你们，
多去传帮教，
夫妻白头老。
出门距一肘，
田边地头宽，
姐妹互关心。
从今去以往，
亲戚多费心，
双方常来往……

第二十八章

关箱词

好月份有好日子,
好日子是吉祥日。
月夜花暗味更浓,
日光照凤尾竹丛。

在此谈婚与论嫁,
今日晚家与线家①。
要让大米成饭团,
饭团更加团圆圆。

注：①晚家与线家是两个姓氏的家庭，也用于指代男女双方带来的放嫁妆和彩礼的箱子。

有寨长老才团圆，
今晚吉利又值钱。
所有大爹大妈们，
为其姻缘把线牵。

前亲后亲都来到，
大家欢喜乐陶陶。
嫁妆放在箱子里，
同吃喜糖笑眯眯。

首先把木箱装满,
竹箱里还装不完。
箱子楠木来做成,
值钱货物放其中。

箱板木料上等好,
用到千年不会糟。
楠木箱子不生锈,
用到老来白了头。

箱子虽已钉铁钉,
箱子还是要关紧。
箱子本是用铜做,
里面随时装满啰。

钥匙银子来做成,
交给将来管家人。
开箱招财宝万千,
关箱进柴米油盐。

将来富裕有金银，
年轻夫妻万事兴。
依靠父母大恩德，
男女老幼乐呵呵。

会做生意赚大钱，
人人赞扬传天边。
后代兴旺子孙贵，
报父母恩传口碑。

第二十九章

献田神

三十声来赞水井，
四十句来颂水香。
有三十张大白纸，
大黄纸又四十张。
今天这里有好酒，
茗茶味道随风飘。
煮水鱼放有姜酱，
鱼蒸绿叶味道香。
姜拌腌鱼味香甜，
常见虎鱼游沙滩。
泥鳅常在泥中钻，

大鱼船下深水玩。
黄鳝日夜深挖洞,
鬃鱼①喜在石缝中。
北边田神上方转,
田角神常攀石岩。
护佑稻谷随风长,
管理山地谷花扬。
种下三天芽成片,
谷子饱满一百天。
叶绿似水世人赞,
田块平坦赛蓝天。
谷秆如竹沟边住,
似风摇摆凤尾竹。
一叶弯向田沟里,
一叶又向田埂移。
一叶夜中露水养,
一叶白天暖阳光。
谷穗长得像雀尾,
谷花遍野随风吹。

注：①鬃鱼，南鳢的别称，也称大头鱼，蛇头鱼等。

谷桩株壮像芦苇,
人见欢喜笑颜开。
汉族看了都赞叹,
帮工惊喜颂不完。
割一蓬得一大抱,
割一丘已挑不完。
谷子挑得两头转,
谷子堆得像石岩。
堆得像高山常在,
多得像白蚂蚁堆。
食用如沙要铁铲,
终生享用不会完。
家中有粮人分享,
农人富裕乐人生。